EL PRINCIPIO DE LOS

pandas BEBÉS

KATE RIGGS

CREATIVE EDUCATION

TABLA DE

CONTENIDO

SOY UN OSEZNO.

Soy un panda bebé.

¡Mira
mis orejas
peludas y mi
nariz suave!

Nací en una guarida.
¡Era tan pequeño como una barra de mantequilla!

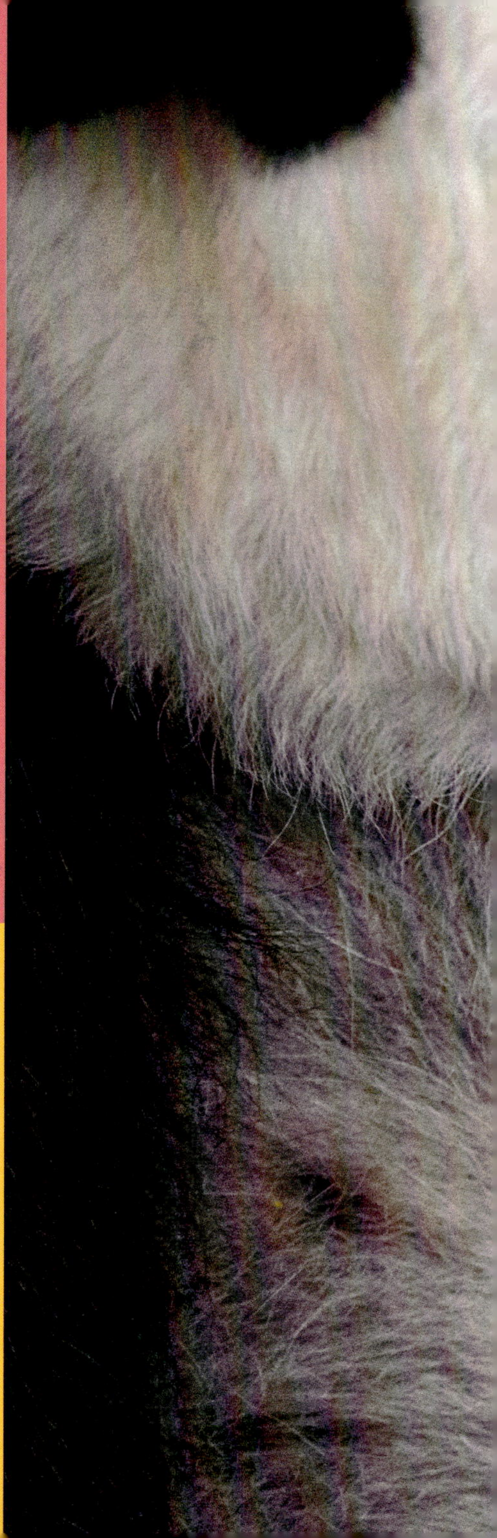

Mi madre lamió mi piel rosada para limpiarme. Ella me mantuvo calentito.

Puedo pararme y caminar a las 10 semanas de vida. Mi pelaje se está volviendo espeso y mullido.

En dos meses más, estaré correteando por todos lados.

¡Tengo **hambre** todo el tiempo! Me alimento de la leche de mi madre. Mis dientes de leche saldrán pronto.

Ahora puedo comer bambú. Cuando cumpla un año, saldrá mi segundo grupo de dientes.

¡Soy un panda joven!

HABLA Y ESCUCHA

EEEEE!

¿Puedes hablar como un osezno? Los pandas chillan, chirrían, y gruñen.

Escucha esos sonidos:

https://www.youtube.com/watch?v=Oi_umBoKNp8

¡Ahora es tu turno!

PALABRAS BEBÉS

bambú: una hierba leñosa de rápido crecimiento

guarida: un área pequeña y escondida donde descansa un animal

ÍNDICE

PUBLICADO POR CREATIVE EDUCATION
P.O. Box 227, Mankato, Minnesota 56002
Creative Education es una marca editorial de The Creative Company
www.thecreativecompany.us

DISEÑO Y PRODUCCIÓN
de Chelsey Luther & Joe Kahnke
Dirección de arte de Rita Marshall
Traducción de TRAVOD, www.travod.com

FOTOGRAFÍAS de Alamy (National Geographic Image Collection, ZUMA Press, Inc.), Getty Images (China Photos/Stringer/Getty Images News, VCG), iStockphoto (GlobalP), Minden Pictures (Katherine Feng, Andy Rouse), National Geographic Creative (Joel Sartore/National Geographic Photo Ark), Shutterstock (Bohbeh, dangdumrong, Eric Isselee)

INFORMACIÓN DEL CATÁLOGO DE PUBLICACIONES
de la Biblioteca del Congreso is available under PCN 2019930517.
ISBN 978-1-64026-280-5 (library binding)